PORTRAIT

DE BUONAPARTE,

PEINT TRAIT POUR TRAIT,

LONG-TEMPS AVANT QU'IL FÛT NÉ.

> Le masque tombe, l'homme reste,
> Et le héros s'évanouit.
> ROUSSEAU, *Ode à la Fortune.*

ET CELUI

DU MEILLEUR DES ROIS,

ÉGALEMENT RENDU AU NATUREL,

LONGUES ANNÉES AVANT SA NAISSANCE.

> Et qui, père de la patrie,
> Compte ses jours par ses bienfaits.
> ROUSSEAU, *même Ode.*

PAR L. C. D. G.

PARIS,

LE NORMANT, IMPRIMEUR-LIBRAIRE, RUE DE SEINE,

1815.

IMPRIMERIE DE LE NORMANT, RUE DE SEINE, N⁰. 8.

AVERTISSEMENT.

Cher Lecteur,

Ces deux Portraits que je vous mets sous les yeux, je ne doute pas que vous ne les trouviez d'une entière ressemblance, si vous les examinez dans des intentions aussi droites et aussi bénévoles que celles qui me font vous les présenter ; et qu'ainsi, les appréciant tous les deux à leur juste valeur, vous ne conceviez autant d'horreur pour l'original que le premier Portrait représente, que vous ressentirez d'amour pour celui que nous offre le second de ces deux Portraits, car vous ne pourrez point ne pas voir dans celui-là le génie infernal, auteur si barbare de toutes nos souffrances, et dans celui-ci l'ange de paix envoyé par la Providence afin de les calmer toutes. Dans l'un, celui qui a affligé la France de plaies les plus cruelles ; et dans l'autre, celui qui, y versant le baume le plus salutaire, en opérera enfin la plus heureuse cure.

Au reste, si je suis bien loin d'avoir tracé ces deux Portraits avec la perfection qu'un peintre plus habile n'eût pas manqué d'y employer, j'aurai toujours par devers moi, cher Lecteur, d'avoir fait quelque chose qui sans doute ne pourra que vous intéresser ; d'avoir mis en même temps sous vos yeux cette Ode incomparable du grand Rousseau qui, réunissant toutes les sortes de sublimes, nous peint à si grands traits la fausse gloire des conquérans, toujours si fatale au repos et au bien-être des peuples, tandis qu'elle met en opposition avec non moins d'énergie, la modération des bons Rois qui fait la vraie grandeur, en même temps qu'elle répand le bonheur sur leurs sujets.

Cet écrit à jamais immortel, règle infaillible qui nous est donnée d'une manière si admirable, afin de nous mettre à même de juger sainement d'un objet, qu'il est si dangereux pour notre repos d'apprécier à faux, la gloire, ne pourra manquer, en le lisant, de vous dessiller les yeux ; dans le cas où, partageant une erreur la plus fatale, et qui n'a été que trop commune, la vraie gloire vous eût paru être le lot mérité d'un homme, dont l'existence politique a couvert la France de plaies les plus sanglantes et de maux les plus inouïs.

LE PORTRAIT

DE BUONAPARTE,

ET CELUI

DU MEILLEUR DES ROIS.

I

Fortune, dont la main couronne
Les forfaits les plus inouïs,
Du faux éclat qui t'environne
Serons-nous toujours éblouis?
Jusques à quand, trompeuse idole,
D'un culte honteux et frivole
Honorerons-nous tes autels?
Verra-t-on toujours tes caprices,
Consacrés par les sacrifices
Et par l'hommage des mortels?

2

Le peuple, dans ton moindre ouvrage,
Adorant la prospérité,
Te nomme grandeur de courage,
Valeur, prudence, fermeté.
Du titre de vertu suprême
Il dépouille la vertu même
Pour le vice que tu chéris:
Et toujours ses fausses maximes
Erigent en héros sublimes
Tes plus coupables favoris.

I

A quelle époque les vit-on jamais plus hautement couronnés (les forfaits les plus inouïs), que sous nos yeux, en la personne de Buonaparte?

Et quand les lueurs les plus fausses causèrent-elles un éblouissement plus prodigieux, et à la fois plus fatal? Combien en même temps, ont été, aussi multipliés que terribles, les sacrifices imposés aux humains, au gré si capricieux de cette même fortune? Et quelle n'a pas été, malgré cela, la stupide, la folle adulation des peuples, pour un tyran qui les accabloit d'une manière aussi cruelle!

2

N'est-ce donc pas ainsi, que le peuple, qui en toutes choses ne considère jamais que le succès, en a agi à l'égard de Buonaparte: le décorant à l'envi, et avec le plus aveugle enthousiasme, de tant de belles, de tant de sublimes qualités; tandis qu'il qualifioit de brigands livrés à la révolte la plus criminelle et à la guerre la plus impie, tant de fidèles sujets, et de guerriers courageux, qui payoient de la perte de tous leurs biens et de celle de tout leur

sang, leur constante fidélité et
les généreux efforts tentés par
eux, à diverses reprises, pour
la défense de l'autel et du trône;
proclamant au contraire, comme
le plus grand des héros, l'homme,
de tous, le plus coupable?

3

Mais de quelque superbe titre
Dont ces héros soient revêtus,
Prenons la raison pour arbitre,
Et cherchons en eux leurs vertus.
Je n'y trouve qu'extravagance,
Foiblesse, injustice, arrogance,
Trahisons, fureurs, cruautés.
Etrange vertu qui se forme
Souvent de l'assemblage énorme
Des vices les plus détestés.

3

Je la consulte donc cette raison,
que me fait-elle entendre? Considère, me dit-elle, les basses in-
trigues du Corse auprès du directoire, afin d'en devenir un vil et
ardent satellite.

Jette les yeux ensuite sur le cruel
massacre des sections, sur son en-
trée si perfide à Malte, sur sa
profession de foi en Egypte, sur sa
conduite toute remplie d'impos-
ture et d'hypocrisie, afin de par-
venir en France à s'emparer du
pouvoir souverain, sur la tyrannie
si effroyable qui fut la suite de cette
usurpation.

Rappelle encore à ton souvenir,
au risque que ton âme se soulève
d'indignation, que ton cœur se
serre de la plus vive douleur, et
que tes yeux se gonflent de larmes
les plus amères, l'assassinat à jamais
exécrable de ce prince aimable,
dont le généreux courage faisoit
l'effroi du tyran, de cet incomparable duc d'Enghien qui faisoit tout
l'espoir de sa famille, de cette famille de héros, dont l'espoir a été
si cruellement déçu, par l'atroce
méchanceté de ce Buonaparte si perfide, et en même temps si barbare.

Souviens-toi de plus, de l'arres-
tation si criante et si inique des
souverains de l'Espagne, de la guerre
d'extermination qu'il y porta ensuite, à l'instar du Portugal qu'il
avoit envahi si frauduleusement;
de son désir insatiable et forcené
de la domination universelle, de la

guerre si imprudente déclarée en conséquence à la Russie et faite avec tant de barbarie; de l'invasion si dangereuse à laquelle cette guerre livra pour la première fois la France.

Fixe surtout tes regards sur son retour si monstrueux de l'île d'Elbe, par la violation des traités les plus solennels, et l'effet d'une conspiration toute sacrilége; sur la seconde invasion à laquelle la France a été de nouveau livrée par l'effet de ce retour si perfide, invasion bien autrement désastreuse que la première.

Vois enfin cette multitude innombrable de guerriers de toutes nations, tombés et expirés de nouveau sur le champ de bataille, ou estropiés dangereusement; et les maux de toute espèce, inévitable et déplorable suite d'une telle guerre, exerçant encore leurs ravages.

Contemple, si tu en as la force, ces noirs torrens formés du sang de près de quatre millions d'hommes, victimes si déplorables sacrifiées à la furieuse, à l'infernale ambition de ce même Buonaparte; et maintenant que pourrois-tu voir autre chose en lui, sinon qu'extravagance, bassesse, perfidie, injustice, arrogance, trahisons, fureurs, cruautés?

Combien donc il est étrange, qu'un homme aussi vicieux, et aussi souillé de crimes, ait osé se parer du nom de grand! Mais, combien plus encore il est inconcevable, que tant de gens l'aient qualifié de ce nom! cependant, cela peut s'expliquer en quelque sorte, si l'on fait attention au grand nombre de gens intéressés au soutien de son pouvoir tyrannique et spoliateur, et qui pour cette raison, le prônant à outrance parmi les les peuples, égaroient au plus haut degré leur jugement, sur ce per-

4

Apprends que la seule sagesse
Peut faire les héros parfaits;
Qu'elle voit toute la bassesse
De ceux que ta faveur a faits;
Qu'elle n'adopte point la gloire
Qui naît d'une injuste victoire
Que le sort remporte pour eux ;
Et que devant ses yeux stoïques,
Leurs vertus les plus héroïques
Ne sont que des crimes heureux.

5

Quoi! Rome et l'Italie en cendre
Me feront honorer Sylla?
J'admirerai dans Alexandre
Ce que j'abhorre en Attila?
J'appellerai vertu guerrière
Une vaillance meurtrière,
Qui dans mon sang trempe ses mains?
Et je pourrai forcer ma bouche
A louer un héros farouche,
Né pour le malheur des humains?

sonnage si coupable , et si fatal au repos de tous , à celui de la France surtout.

4

Quel exemple plus frappant pouvons-nous avoir de cette maxime si morale et si vraie, qu'en la personne de Buonaparte, comblé à l'excès de toutes les faveurs de la fortune, environné de tout le prestige de la gloire, qui toujours n'a que trop coutume d'accompagner les victoires même les plus injustes et souvent dues au hasard? Hé bien, de quel œil les hommes sensés ont-ils constamment regardé ses faits prônés comme les plus héroïques, sinon comme tous crimes heureux?

Quel est celui qui, maintenant, ne porte un jugement semblable de ce faux héros?

5

Quoi! pouvons-nous nous écrier, avec non moins de fondement que le poëte, la France et l'Europe entière en proie depuis si long-temps à tous les maux de la guerre la plus cruelle, nous feroient honorer Buonaparte, l'auteur si féroce de tant de souffrances?. nous pourrions admirer en lui ce que nous abhorrons en des princes qui se sont montrés les fléaux de la terre? nous traiterions de courage magnanime des exploits meurtriers qui ont fait ruisseler des flots de notre sang? Et nous pourrions nous résoudre à prodiguer la louange à cet homme si farouche, qui n'a que trop fait voir qu'il n'étoit né que pour le malheur des humains, pour celui de la France surtout?

Hé bien, c'est ce que l'on a vu cependant, il faut le dire à la honte éternelle et du temps et des mœurs.

6

Quels traits me présentent vos fastes,
Impitoyables conquérans !
Des vœux outrés, des projets vastes,
Des rois vaincus par des tyrans,
Des murs que la flamme ravage,
Des vainqueurs fumans de carnage,
Un peuple aux fers abandonné,
Des mères pâles et sanglantes
Arrachant leurs filles tremblantes,
Des bras d'un soldat effréné.

6

Qu'ils sont énergiques les accens que fait entendre ici le poëte ! qu'ils sont effrayans les traits dont il se sert pour nous faire connoître et peindre à nos yeux, les effets si funestes de l'ambition des conquérans !

Sans doute il n'en eût pas employé de moindres ; il en eût même trouvé de plus forts encore pour caractériser l'ambition du brigand corse, non moins effrénée, non moins déplorable dans ses effets, mais plus atroce et plus hideuse encore, par le plus odieux amas des plus honteuses perfidies. Avec quelle force, avec quelle vérité ne nous eût-il pas représenté tant de vœux forcenés, tant de projets extravagans, tant de souverains vaincus, spoliés, détrônés, et jetés dans les prisons par le tyran ; tant de provinces ruinées par les concussions et les rapines les plus criantes, ravagées par le meurtre et l'incendie ; tant de villes foudroyées, écrasées, anéanties. Sarragosse, cette nouvelle Sagonte, punie de sa fidélité et de son courage par sa destruction ; Madrid, cette capitale des Espagnes, nageant dans des flots du sang de plus de vingt mille de ses citoyens : des vainqueurs se livrant de toutes parts, avec la dernière fureur, à tous les excès, pillant, exterminant, et enchaînant les peuples ; enfin, les femmes et les vierges devenant la proie de ces hommes féroces et effrénés ; les époux, pour prix de leur courage, à garantir ou à défendre leurs femmes des derniers outrages, recevant la mort de la main de ces furieux, qui, dans l'excès de leur rage, n'hésitent pas et ne rougissent point de la donner aux mères elles-mêmes, pour prix de tous leurs efforts afin d'arracher leurs filles éperdues de frayeur, et toutes saisies d'horreur, d'entre leurs bras si odieux et si cruels.

7

Juges insensés que nous sommes,
Nous admirons de tels exploits!
Est-ce donc le malheur des hommes
Qui fait la vertu des grands rois?
Leur gloire, féconde en ruines,
Sans le meurtre et sans les rapines
Ne sauroit-elle subsister?
Images des Dieux sur la terre,
Est-ce par des coups de tonnerre
Que leur grandeur doit éclater?

7

Si dans tout ce qui vient de précéder, nous avons vu Buonaparte peint au naturel, combien la ressemblance des hommes du temps, ne se trouve-t-elle pas frappante ici? Ne les avons-nous donc pas vus constamment prendre pour mesure de leurs louanges, le plus grand malheur des peuples, savoir, leur plus honteux asservissement, et en faire la vertu la plus éclatante de leur faux héros?

C'est sur cet amas si odieux de servitude, de perfidies, de dépouilles, de ruines et de meurtres, qu'ils asseyoient sa gloire, et en mesuroient l'étendue. Tant et de si funestes ravages amenant de toutes parts, à l'instar de la foudre, la dévastation la plus effrayante, ils les ont prônés, les uns, avec la dernière audace, et les autres, avec une égale stupidité, comme constituant la vraie grandeur.

8

Mais je veux que dans les alarmes
Réside le solide honneur:
Quel vainqueur ne doit qu'à ses armes
Ses triomphes et son bonheur?
Tel que l'on vante dans l'histoire
Doit peut-être toute sa gloire
A la honte de son rival!
L'inexpérience indocile
Du compagnon de Paul-Emile
Fit tout le succès d'Annibal.

8

De tous les guerriers, Buonaparte n'est-il pas un de ceux à qui tout ceci puisse le plus justement s'appliquer? On pourra le penser sans doute, si l'on fait attention aux moyens prodigieux qu'il a eus en mains, et qu'il a, non pas employés, mais prodigués, comme sommes les plus énormes, matériel immense et de toute espèce, et surtout cette quantité innombrable d'hommes que jamais il n'a ménagés ni même hésité un moment de sacrifier dans des occasions souvent inutiles. Si l'on considère, en outre, qu'à l'aide de négociations perfides, trompant les souverains, excitant la jalousie, et semant la désunion parmi des puissances qui ne pouvoient lutter contre la France, surtout prodiguant sa population et ses trésors à cet homme de sang, à moins de se tenir ensemble dans la plus étroite union ; il trouvoit par là, le moyen de les attaquer avec avantage, ainsi séparées.

D'après quoi, l'on est sans doute bien fondé à conclure, que la vraie cause de ses succès, s'est trouvée bien plutôt dans les fausses mesures prises si souvent contre lui par les puissances avec lesquelles il combattoit, que dans ses propres talens.

9

Si jusqu'ici il ne s'est pas trouvé une seule ligne qui ne renfermât quelque trait qui convînt à Buonaparte, l'on peut dire, au contraire, que la strophe présente n'en contient pas une, qui ne lui soit absolument étrangère. Mais quelle admirable ressemblance n'offret-elle pas à nos yeux avec celle du meilleur des Rois, et que nous pouvons nommer ainsi au plus juste titre ! car, à qui sera-t-il possible de faire jamais une application plus juste de ces vers si beaux, où le poëte caractérise si bien le vrai héros, et qui tire tou'e sa gloire de lui-même, si ce n'est à un prince, qui, déplorant les maux faits à la patrie, dont il se sent profondément affligé, ajoute : « Cependant je dois déclarer ici » que, s'il eût été possible qu'ils » n'atteignissent que moi, j'en bénirois la Providence ! »

Et ensuite : « Les marques d'a-

9

Quel est donc le héros solide
Dont la gloire ne soit qu'à lui ?
C'est un roi que l'équité guide,
Et dont les vertus sont l'appui :
Qui, prenant Titus pour modèle,
Du bonheur d'un peuple fidèle
Fait le plus cher de ses souhaits ;
Qui fuit la basse flatterie,
Et qui, père de la patrie,
Compte ses jours par ses bienfaits.

(*) Discours du Roi, lors de l'ouverture des Chambres.

10

Vous, chez qui la guerrière audace
Tient lieu de toutes les vertus,
Concevez Socrate à la place
Du fier meurtrier de Clitus.
Vous verrez un roi respectable,
Humain, généreux, équitable,
Un roi digne de vos autels ;
Mais, à la place de Socrate,
Le fameux vainqueur de l'Euphrate
Sera le dernier des mortels.

» mour que mon peuple m'a don-
» nées dans les momens même
» les plus critiques, m'ont soulagé
» dans mes peines personnelles ;
» mais, celles de mes sujets, de
» mes enfans, pèsent sur mon
» cœur (*). »

O Français, vous est-il maintenant assez connu, et peut-il vous
être jamais assez cher ce Titus de
nos jours, qui prend pour modèle
le Titus de Rome, et comme lui
ne forme pas de vœu plus cher que
celui du bonheur de son peuple,
et qui, père de la patrie, voudroit
pouvoir détourner sur lui seul tous
les maux qu'elle souffre, et n'a point
de desir plus ardent ni de satisfaction plus sensible, que de compter ses jours par ses bienfaits !
Dites donc à présent, si ce n'est
pas là la vraie gloire, qui fera de
ce Roi les délices de son peuple ;
tandis que, par les plus folles
et les plus injustes conquêtes, cet
homme de l'Ile d'Elbe, l'affreux
auteur de tous les maux que souffre la France, s'en est rendu à
jamais l'exécration, ainsi que l'horreur de l'univers entier.

10

Ouvrez donc les yeux, nation
française, il en est temps ; car
déjà depuis trop d'années l'audace
guerrière n'a que trop tenu chez
vous lieu de toutes les vertus, et
voyez enfin Louis-le-Desiré à la
place du guerrier le plus destructeur, de l'exécrable buveur du
sang d'Enghien ; « vous verrez un
» Roi respectable, humain, géné-
» reux, équitable, un Roi digne
» de vos autels. »

Mais à la place de Louis, ce
Buonaparte qui s'est montré le tyran si monstrueux de la France
plutôt que le souverain, et le cruel

ravageur de l'Europe plutôt que son vainqueur, sera le dernier, comme le plus odieux des mortels.

1 1

Héros cruels et sanguinaires,
Cessez de vous enorgueillir
De ces lauriers imaginaires
Que Bellone vous fit cueillir.
En vain le destructeur rapide
De Marc-Antoine et de Lépide
Remplissoit l'univers d'horreurs;
Il n'eût point eu le nom d'Auguste
Sans cet empire heureux et juste
Qui fit oublier ses fureurs.

1 1

Cessez donc, guerriers, de mettre votre orgueil dans ces trophées sanglans et illusoires d'une guerre dévastatrice; revenez à cette louable discipline qui fait l'honneur et la force des armées; revenez surtout à la fidélité la plus entière pour votre souverain légitime, et sans laquelle la valeur même la plus haute, bien loin d'être une vertu, n'a toujours été, au contraire, que l'aveugle instrument d'exploits bien coupables, et toujours si funestes à la patrie. En vain un chef cruel, abusant de son prodigieux empire sur vous, a rempli la terre d'horreur, en la livrant de toutes parts, aux calamités les plus intolérables de la guerre, et en l'imprégnant, en une infinité de lieux, de torrens de sang. Qu'est devenu ce nom de grand, qu'il avoit si insolemment usurpé, et qu'il avoit si follement imaginé pouvoir relever et soutenir, par l'entreprise aussi sacrilége que meurtrière, de son retour en France? Semblable à l'ombre la plus fugitive, il a disparu de même, et il n'est resté de ce tyran, si vanté tant qu'il a été l'objet de toutes les faveurs de la fortune, qu'un souvenir bien affreux, celui de ses extravagances inouïes et de ses horribles fureurs.

12

Montrez-nous, guerriers magnanimes,
Votre vertu dans tout son jour;
Voyons comment vos cœurs sublimes
Du sort soutiendront le retour.
Tant que sa faveur vous seconde,
Vous êtes les maîtres du monde,

12

Ceci ne nous présente-t-il pas bien au naturel la fidèle image de ce que nous avons tous vu en la personne du Corse? Tant que le sort l'a secondé, il a paru, à un beaucoup trop grand nombre, être le maître du Monde : le faux éclat de sa pré-

Votre gloire nous éblouit :
Mais au moindre revers funeste,
Le masque tombe, l'homme reste,
Et le héros s'évanouit.

13

L'effort d'une vertu commune
Suffit pour faire un conquérant;
Celui qui dompte la fortune,
Mérite seul le nom de grand.
Il perd sa volage assistance,
Sans rien perdre de la constance
Dont il vit ses honneurs accrus :
Et sa grande âme ne s'altère,
Ni des triomphes de Tibère,
Ni des disgrâces de Varus.

tendue gloire les a éblouis également. Mais aussitôt après le revers, le masque est tombé, le héros s'est évanoui, et il n'est plus resté en sa place qu'un vil et perfide brigand.

13

Quelle preuve plus frappante de la vérité de tout ceci (celui qui dompte la fortune, etc.), que la conduite calme et si remplie de dignité de notre si bon Roi pendant vingt-cinq années des plus grandes infortunes, ne cessant pendant tout ce temps, d'avoir ses pensées profondément et douloureusement occupées des malheurs inouïs de la patrie, et ne nourrissant pas de désir plus cher ni plus ardent, que celui de la voir rendue au bonheur?

Avec quelle modestie, lorsqu'un temps meilleur est arrivé, il remonte sur le trône, employant aussitôt tous ses soins, tous ses moyens, fruits de ses longues méditations, pour accomplir le vœu de son cœur, celui de rendre enfin la France heureuse! Et si bientôt il se voit contraint, par l'effet de la plus inconcevable révolte, de quitter le trône, comme il ne s'est point enorgueilli en y remontant, il ne se laisse pas non plus abattre en se voyant forcé de le quitter. Ses pensées seulement se tournent avec la plus amère douleur, sur les calamités sans nombre dont la plus odieuse des trahisons va de nouveau inonder la France, au lieu de l'heureuse destinée qu'il lui préparoit, et dont déjà il lui avoit fait goûter des commencemens si prospères. Ce bon Roi en gémit amèrement pour son peuple; mais, pour ce qui le regarde personnellement, il se résigne, met toute sa confiance en la divine Providence, et se tient prêt, s'il lui plaît de l'ordonner ainsi, à se charger de nouveau du

14

La joie imprudente et légère
Chez lui ne trouve point d'accès,
Et sa crainte active modère
L'ivresse des heureux succès.
Si la fortune le traverse,
Sa constante vertu s'exerce
Dans ses obstacles passagers.
Le bonheur peut avoir son terme;
Mais la sagesse est toujours ferme,
Et les destins toujours légers.

15

En vain une fière déesse
D'Énée a résolu la mort :
Ton secours, puissante sagesse,
Triomphe des dieux et du sort;

fardeau si pesant de la couronne, en continuant de se vouer aux travaux les plus nobles, les plus sublimes, mais les plus pénibles en même temps, et cela afin de rendre enfin heureuse sa chère France.

14

Accueilli et reçu dans tous les lieux de son passage, à son dernier retour, comme lors de sa première arrivée, avec les plus vifs applaudissemens de sujets ivres de tendresse, et mêlant tous ensemble leurs bénédictions aux cris les plus touchans de leur amour, et versant des larmes de joie la plus vive et la plus pure, la modération qui lui est accoutumée, n'en demeure pas moins pour cela la fidèle compagne de ce bon Roi : son cœur ne se trouve point enflé par le succès de son retour; il n'est ouvert qu'à la satisfaction infinie, que lui font éprouver des témoignages si sincères et si éclatans d'amour et de fidélité : il n'est accessible en outre qu'au désir qui le touche le plus, celui de rendre le repos et le bonheur à son peuple. Cette pensée qu'il nourrit si chèrement l'occupe tout entier ; il ne songe qu'aux moyens de l'effectuer.

La fortune le traverse-t-elle dans son sublime dessein et dans ses nobles travaux, sa vertu n'en est pas moins constante; elle brille même d'un éclat plus vif et plus pur. Des épines et des anxiétés de toutes les sortes viennent-elles à l'environner, sa sagesse n'en reste pas moins ferme, et lui fera surmonter tous ces obstacles qui ne seront que passagers.

15

En vain la philosophie moderne, cette déesse, peut-on dire des temps qui viennent de s'écouler, si fière de ses vaines conceptions, si aveugle

Par toi, Rome, après son naufrage,
Jusques dans les murs de Carthage
Vengea le sang de ses guerriers;
Et, suivant tes divines traces,
Vit, au plus fort de ses disgrâces,
Changer ses cyprès en lauriers.

au milieu de ses prétendues lumières, si fausse dans ses principes et si atroce dans ses résultats, a propagé de toutes parts ses absurdes systèmes; en vain ce monstre enfanté par un orgueil aussi effréné qu'il est insensé, traînant à sa suite deux autres monstres les plus dévorans, l'athéisme et l'irréligion, a semé avec la dernière fureur dans toute la France ses poisons les plus affreux, et l'a livrée ainsi à cette démoralisation, source si funeste de laquelle sont découlés et découlent continuellement tant de maux si cruels qui, déjà depuis plus de vingt-cinq années, l'accablent et la déchirent en tous sens, et sans nulle pitié: en vain, dans ce moment-ci même, le monstre, devenu encore plus furieux, s'agite avec plus de rage que jamais; ses efforts seront nuls, ils seront entièrement déjoués: c'est à Louis-le-Désiré, ce descendant de Louis IX, ce fidèle imitateur de toutes les vertus de ce grand, de ce saint Roi, qu'il est donné d'anéantir son influence si funeste; c'est à sa sagesse, c'est à son céleste exemple surtout comme à celui de l'ange qui, dans le temps de l'exil, a versé dans le cœur de ce bon Roi alors si infortuné, les consolations les plus douces et les plus puissantes par son amour tout filial; et à l'exemple encore de tant de vertus les plus chrétiennes et les plus héroïques, qui brillent avec tant de pureté et d'éclat, dans toute son auguste famille, qu'il est réservé, faisant renaître la religion dans tous les cœurs et rétablissant ainsi les mœurs, de rendre le bonheur à son peuple, et d'asseoir ainsi sur des fondemens à jamais inébranlables, la félicité publique,

Français, telle est l'exacte vérité ; je viens de la mettre tout entière sous vos yeux. Si jusqu'à présent vous l'avez si fort méconnue depuis si long-temps, c'est par un effet des manœuvres si perfides que n'ont cessé d'ourdir les plus méchans des hommes, afin de vous la tenir cachée, vous flattant grossièrement, afin de vous mieux tromper ; vous déclarant sans pudeur les plus libres des hommes, et vous adulant de même avec la dernière effronterie, afin de vous enchaîner plus étroitement en vous saluant du nom de grand peuple.

Cependant ils portoient pour vous le mépris au point de ne plus vous regarder que comme un troupeau des plus vils esclaves, pour qui la vérité est un aliment trop fort, et à qui il n'étoit plus besoin de donner pour toute nourriture que les sophismes les plus grossiers, que les mensonges les plus absurdes. C'est par une telle jonglerie, c'est au moyen de tant d'artifices si astucieux, mis en œuvre si effrontément et soutenus avec la plus audacieuse opiniâtreté, que ces hommes pervers, et cet homme si fourbe (a), de tous points leur digne chef, sont parvenus à établir sur vous leur domination, qui n'étoit autre chose, sinon, de toutes les tyrannies, la plus monstrueuse ; ne voulant du pouvoir, non pour le bonheur du peuple assurément, mais pour faire de ce même peuple, le jouet le plus déplorable de leurs passions les plus cupides, les plus extravagantes, les plus féroces et les plus effrénées ; rapportant toutes choses uniquement à eux-mêmes, et qui, de tous points semblables à la fausse mère, dans le jugement de Salomon, qui consentoit et desiroit que l'enfant fût coupé en deux, et pérît ainsi, s'il n'étoit pas pour lui rester, et plutôt que de le voir rendu à la vraie mère, n'avoient de même, à l'instar de cette femme si méchante, d'autre désir que de voir la France écrasée, perdue, anéantie, plutôt que de la voir échapper à leur domination si infâme et si odieuse, et surtout que de la voir rendue à son Roi légitime, à son vrai père.

Qui sera tenté de le nier, pour peu qu'il considère cet homme de l'île d'Elbe conduit par le parjure, sorti tout à coup de son affreux bord, s'élançant plein de rage sur la France, y ramenant avec son horrible présence tous les maux à la fois ; la dévouant de concert, et sans la moindre pitié, avec ses détestables complices, à toutes les calamités de la guerre étrangère, et à toutes les horreurs de la guerre civile ; précipitant ainsi le vaisseau de l'Etat sur une mer la plus orageuse, et parsemée de toutes parts des plus funestes écueils, au milieu desquels, battu par les tempêtes les plus horribles, il eût infailliblement péri de la manière la plus misérable, fracassé et brisé en mille pièces, si la divine Providence toujours comme la plus tendre mère, veillant sans cesse aux besoins de tous ses enfans, quels que puissent être leurs torts envers elle, n'eût ramené d'une manière toute miraculeuse, pour en tenir le gouvernail et le diriger, le plus sage Pilote, Louis-le-Désiré ?

Français, ô mes chers compatriotes ! serrons-nous donc tous, sans exception, autour de notre si bon Roi, que le ciel, dans l'abondance de ses infinies miséricordes, a daigné nous rendre ; tous remplis de la meilleure volonté, surtout, l'aidant de toutes nos forces, et le secondant de tous nos efforts, pour sauver ce vaisseau si précieux de l'Etat ! C'est alors que nous le verrons surgir avec autant de célérité que de bonheur, au port le plus tranquille comme le plus assuré.

NOTE.

(*a*) Si l'on pensoit que je n'ai ainsi jugé Buonaparte et parlé ainsi de lui qu'après sa chute et qu'ensuite de sa catastrophe, l'on seroit dans l'erreur ; il sera facile d'en juger en voyant ici ce que j'ai pensé et dit de lui à diverses époques de sa vie politique.

J'avouerai d'abord ingénument que j'ai eu la simplicité de croire qu'il ne s'étoit saisi du pouvoir sur le Directoire qu'afin, lorsqu'il en trouveroit l'occasion favorable, de le remettre dans les mains du souverain légitime : ce qui avoit pu me porter à le penser, étoit son décret pour le retour des émigrés, regardant qu'il le faisoit précéder celui du Roi, afin, accoutumant ainsi les peuples à voir au milieu d'eux ses sujets les plus dévoués, de rendre ce retour plus facile à effectuer.

En outre, quelques personnes qui m'avoient assuré le bien connoître, le disoient uniquement passionné pour la gloire : ce qui m'avoit fait tirer la conséquence qu'il ne pouvoit mieux la trouver et s'en saisir, que dans l'acte qui l'eût rendu à jamais immortel, en se faisant déclarer d'une voix unanime par toutes les nations le plus grand des hommes, celui en remettant la couronne sur la tête du Souverain légitime, et faisant ainsi cesser les agitations cruelles et les mortelles angoisses de la France, de mériter ainsi le nom de tous le plus désirable et le plus glorieux, celui de sauveur de la patrie.

Mais peu de temps après, combien je m'aperçus que je m'étois trompé dans mon opinion sur cet homme, que sa conduite et son gouvernement tout jacobin, me firent bientôt connoître pour un être absolument dévoré de la plus dangereuse ambition ! Je n'eus donc plus, malgré cette renommée factice qui se plaisoit à l'élever d'une manière la plus gigantesque, qu'un profond mépris et une aversion égale pour lui ; sentimens auxquels vint ensuite se joindre celui de la plus profonde horreur pour cet infâme et atroce meurtrier du duc d'Enghien, à la nouvelle de l'assassinat aussi lâche qu'à jamais exécrable de cet aimable, de ce généreux, mais si infortuné prince.

Ces sentimens de mépris, d'aversion et d'horreur pour Buonaparte, bien loin de pouvoir les tenir renfermés en moi-même, éclatoient en toutes rencontres, surtout lorsque dans la société, ce qui n'arrivoit que trop fréquemment, j'entendois ou d'aveugles panégyristes ou des prôneurs effervescens, ses fauteurs les plus coupables, le vanter comme un héros bien au-dessus même de tous ceux qui jamais avoient paru ; alors, ne pouvant plus me contenir à la vue d'un tel excès de stupidité, de malice et d'avilissement, je m'élevois contre avec toute la chaleur d'une vive indignation, disant hautement ce que je pensois de cet homme, scrutant toutes ses actions et mettant sous leur vrai point de vue, tout ce qu'elles avoient d'extravagant, d'odieux et de criminel ; assignant la récompense qui étoit due et destinée en conséquence à ce vil, à ce perfide usurpateur, tyran effréné de la patrie et perturbateur le plus mortel du repos de tous les peuples, savoir celle, affublé du bonnet rouge, enseigne de son affreux jacobinisme, de balayer tour à tour les rues de Saint-Pétersbourg, de Vienne, de Berlin et de Londres, et au besoin celles des autres capitales des divers pays, où il avoit porté la plus horrible dévastation.

Tout ceci, je le dis hautement et en pleine assemblée, un jour que le bruit s'étant fort accrédité, quelques semaines avant la bataille d'Austerlitz, que l'armée prussienne se mettoit en pleine marche pour l'envelopper sur ses derrières, alors chacun se mit à dire son sentiment sur la position critique où Buonaparte alloit se trouver ; le mien fut que je le regardois comme devant infalliblment être pris, ayant en tête l'armée russe et en queue l'armée du roi de Prusse, et j'ajoutai aussitôt ce que je pensois, et surtout souhaitois, de sa destination future (le balaiement des rues), ajoutant en outre, qu'au reste tant d'extravagances et tant de crimes de sa part, finiroient inévitablement par précipiter la France dans l'abîme, et par causer à lui-même sa propre chute et d'une manière la plus honteuse : aussi jamais dans telle passe de stabilité immuable où il ait paru être, ne me suis-je départi un seul instant de penser et de parler ainsi de Buonaparte.

Son inconcevable union avec le sang si illustre d'Autriche paroissoit bien faite cependant pour ébranler au moins mon opinion au sujet de la solidité de son usurpation; aussi mes antagonistes, ses aveugles et ses ardens prôneurs, me demandoient d'un air de triomphe et avec raillerie ce que j'avois désormais à leur objecter contre la durée de la toute-puissance de leur grand homme : tout ce que je vous en ai dit jusqu'à présent, et je n'en rabats rien, leur répondois-je, car, n'est-il donc pas évident qu'une telle alliance faisant monter sa vanité au comble, et l'enivrant de toutes les fumées de l'orgueil, aucun frein quelconque ne sera plus capable de le retenir, et ne mettant plus de bornes à ses entreprises, aussi extravagantes que pleines d'insolence et d'iniquité, la puissance dont on croit qu'il s'étoit fait un appui imperturbable, se verra forcée, afin de n'en être pas écrasée elle-même, de se réunir contre lui à toutes les autres, pour enfin échapper toutes à leur destruction inévitable, et opérer par sa chute, et la délivrance de la France et leur commun salut.

D'autres fois l'on me parloit, les uns avec un aveuglement bien voisin de la sottise, et les autres avec la plus ridicule emphase, de la quatrième dynastie qu'alloit fonder le grand homme, auprès duquel, à les entendre, Charlemagne étoit d'assez mince aloi : vous voulez plaisanter, sans doute, leur disois-je, avec votre quatrième dynastie, et sûrement vous ne parlez pas tout de bon : c'est tout au plus si un tel événement pourroit se passer dans la Nigritie ou le Congo où la civilisation est si peu avancée ; mais en France, mais en Europe, régions les plus policées de la terre, peut-on admettre avec la moindre raison, qu'un vil Corse puisse jamais substituer sa lignée à cette troisième race de nos Rois, si fertile en héros, en saints et en pères des peuples? Vouloir le prétendre, c'est une risée toute pure, une vraie moquerie; est-ce que l'on ne voit donc pas que cette élévation si prodigieuse où Buonaparte est monté, il n'y est parvenu que comme étant le fléau de Dieu, et que le moment où il n'aura plus cette destination, sera le signal de sa chute et de son néant total, en même-temps qu'il sera celui du rétablissement de la famille des Bourbons sur ses divers trônes, rétablissement qui seul peut être l'arche de salut qui fasse échapper la France et l'Europe, et l'univers même, à cette commotion si furieuse qui depuis tant de temps les expose à tant d'agitations si funestes, et les livre aux plus terribles dangers.

C'est ainsi (ce que reconnoîtront facilement tous ceux dont je suis connu s'ils viennent à lire cet écrit) que j'ai toujours pensé, parlé et agi jusqu'au second retour du Roi, sur lequel je n'ai cessé un seul instant de compter imperturbablement, et de rassurer bien des personnes extrêmement inquiètes, et fort incertaines sur cet événement de la plus haute importance, pour le salut de tous.